5 juin 1891

P

COLLECTION

ROEDERER

PARIS

JUIN 1891

HOMO
NATVRÆ
IMPRIMERIE DE L'ART

COLLECTION

de feu

M. ROEDERER

DU HAVRE

PARIS. — IMPRIMERIE DE L'ART

E. MÉNARD ET Cie, 41, RUE DE LA VICTOIRE

CATALOGUE

DE

TABLEAUX

MODERNES

DE PREMIER ORDRE

COMPOSANT

L'IMPORTANTE COLLECTION

de feu

M. ROEDERER

DU HAVRE

VENTE A PARIS

GALERIE GEORGES PETIT

8, rue de Sèze, 8

Le Vendredi 5 Juin 1891

A TROIS HEURES

Mᵉ PAUL CHEVALLIER
COMMISSAIRE-PRISEUR
10, rue de la Grange-Batelière, 10

M. GEORGES PETIT
EXPERT
12, rue Godot-de-Mauroi, 12

EXPOSITIONS

PARTICULIÈRE : *Le Mercredi 3 Juin 1891, de 1 h. à 6 h.*

PUBLIQUE : *Le Jeudi 4 Juin 1891, de 1 h. à 6 h.*

CONDITIONS DE LA VENTE

Elle sera faite au comptant.

Les acquéreurs payeront, en sus des adjudications, *cinq pour cent* applicables aux frais.

LA

COLLECTION ROEDERER

Bien que la collection formée par M. Jules Roederer, ancien président du Tribunal de commerce du Havre, fût une collection de province, elle était bien connue à Paris. Quelques-uns des morceaux qui la composent avaient figuré dans diverses Expositions fameuses, et lorsqu'il fut question, en 1889, de réunir au Champ de Mars les chefs-d'œuvre du siècle dont la France célébrait alors le glorieux centenaire, l'idée vint à tout le monde d'appeler au rendez-vous des trésors de l'école française plusieurs des tableaux et des dessins de cette collection, créée avec tant de goût par un amateur passionné. D'ailleurs, malgré ce que peuvent dire les paresseux et les fatigués, le Havre n'est pas si loin de Paris, et beaucoup d'entre nous ont fait ce facile voyage. La maison de M. Jules Roederer était hospitalière et largement ouverte aux amis des arts ; esprit délicat et cultivé, le propriétaire était le plus aimable des hommes, et, dès que le souci des affaires lui laissait quelque loisir, il revenait à son violon, dont il aimait la chanson ou les sanglots, et aux belles peintures qu'il avait groupées avec tant d'amour et qui faisaient de son logis un petit musée. M. Roederer aurait supporté malaisément qu'on parlât d'un ton léger de Mozart et de Corot, pour lesquels il professait un véritable culte. L'art avait toujours été la préoccupation constante de sa vie, et ceux qui l'ont approché de près ont pensé quelquefois que ce négociant, habile aux choses de son métier, était l'enveloppe d'un musicien latent et d'un paysagiste endormi. Il fut l'un des fondateurs, et ensuite le président, de la Société des Amis des Arts du Havre, qui a organisé des Expositions dont on se souvient. Les touristes bien informés et les artistes venaient volontiers frapper à sa porte et étaient toujours bien reçus; il a connu Daubigny, dont il a si bien compris le talent limpide; il ne fut pas le dernier à rechercher les œuvres de Millet, en un temps où le génie du maître était encore discuté; il croyait à Delacroix, à Corot, à Théodore Rousseau, à tous ceux qui ajoutent aux séductions de la peinture le victorieux appoint du drame et de la poésie. Nous en savons quelque chose, ayant été plusieurs fois le confident de ses pensées. A la veille d'une acquisition importante, il a souvent poussé la bonté — d'autres diraient l'imprudence — jusqu'à nous demander notre humble avis. C'est dire qu'il avait l'âme indulgente et douce. La mort de M. Jules Roederer, survenue au Havre le 6 février 1888, est restée, pour les siens et pour ses amis, une perte éternellement cruelle.

La collection, peu nombreuse mais si savamment choisie de M. Roederer, se compose essentiellement d'œuvres modernes. Elle réunit, en exemplaires triés sur le volet, les notes caractéristiques de ces maîtres que, dans les habitudes du langage courant, on appelle d'ordinaire les maîtres de 1830, et qui ont porté si haut le renom de notre école. Ce que sont ces œuvres, le catalogue le dira; nous n'avons pas à le déflorer et à refaire un inventaire descriptif, qui a été fait avec une parfaite compétence. Le printemps — époque néfaste pour les *salonniers* — est d'ailleurs une saison cruelle qui nous condamne à l'étude des médiocrités dont s'emplit le Palais de l'Industrie, et nous n'avons pas, à l'heure qu'il est, le temps de nous arrêter à notre aise devant les créations exquises que possédait M. Jules Roederer. Nous ne pouvons que donner un souvenir aux Corot de la collection qui va disparaître. Tous sont beaux et apportent une fois de plus la preuve que le maître savait varier son émotion et son langage : il était vraiment le peintre et le poète de toutes les heures. Nous nous bornons à signaler *le Cavalier, le Passeur,* le *Souvenir d'Italie.* On verra ici que, de tous les modernes, Corot est peut-être celui qui a le mieux su faire parler le ciel et marquer avec plus d'éloquence sa complicité dans les aventures dont la terre est le théâtre radieux ou mélancolique. Corot est un chronographe impeccable. Il dit toujours le moment où le drame se passe, et, qu'il peigne les crépuscules attiédis, les soleils couchés, les matins humides, il a des ciels laiteux, profonds, vivants, qui l'apparentent aux plus grands paysagistes, tout en gardant une note personnelle, dont la douce musique parle au cœur et le console.

Théodore Rousseau est aussi un héros, un maître puissant qui, dans *la Passerelle* et *la Mare au Chêne*, rivalise avec les plus robustes Hollandais, pour la tenue de l'ensemble, l'énergie de la volonté et l'étude scrupuleuse des formes et des accents du spectacle. C'est pour nous un sujet d'étonnement sans fin que ce beau zèle à bien faire, que cette intelligence à comprendre et à exprimer la construction des terrains et des arbres aient pu un instant être méconnus de ceux qui avaient mission de protéger les arts, d'en glorifier les audaces et d'enrichir nos musées. Chez M. Roederer, Rousseau est admirable. La justice est heureusement venue pour ce maître que Ruisdael et Hobbema auraient salué comme un frère.

Elle est venue aussi pour J. F. Millet, si longtemps proscrit et qui a triomphé trop tard. Je ne sais pas si mes contemporains partagent mon sentiment, mais j'ai toujours pensé que, comme pastelliste et comme dessinateur, le brave Millet est aussi fort, plus fort peut-être, que lorsqu'il manœuvre le pinceau. Il serait instructif de rapprocher le fameux tableau de *l'Angélus* de la répétition originale que le maître en a faite au pastel et qu'on reverra dans la collection Roederer. Il nous souvient que lorsque ce merveilleux dessin aux crayons de couleurs apparut en 1889 à l'Exposition centennale du Champ de Mars, les connaisseurs se demandèrent si la réduction au pastel n'était pas, en quelques points, supérieure au tableau qui a fait tant de bruit dans les deux mondes. C'était mon avis, et je n'hésite pas à l'exprimer une fois de plus.

Le génie de Millet était fait de sentiment. Ses pages les plus éloquentes sont celles où il a montré la tendresse de son âme. Ceux qui ont étudié le talent et l'œuvre du maître rustique ont toujours attaché un intérêt exceptionnel à celui de ses dessins qu'il avait intitulé *l'Enfant malade*. On reverra à la vente

Roederer cette composition touchante. Une jeune paysanne, assise sur un banc devant son humble maisonnette, tient sur ses genoux un enfant emmaillotté. Les mains croisées, elle le serre contre sa poitrine, essayant de communiquer au petit malade un peu de la chaleur maternelle et mettant dans son geste et dans son attitude toutes les tristesses de son cœur. L'expression est définitive et poignante. Rien de plus émouvant dans une forme plus simple et plus résumée. La mère désolée et l'enfant qui va mourir constituent ici un groupe merveilleusement intime et dramatique. Il n'avait peut-être pas tort celui qui a dit que Millet avait des trouvailles à la Rembrandt.

Troyon, que M. Roederer a tant aimé, est superbe dans la collection de l'amateur du Havre. Il est tel de ses tableaux qui n'a pas été conquis sans peine. Pour ajouter un beau Troyon à ceux qu'il possédait déjà, cet enthousiaste, si éclairé d'ailleurs et si prudent, eût été capable de faire des folies. Mais il se trouve en réalité que, malgré sa *furia,* notre ami ne s'est pas trompé et qu'il était de première force dans l'art d'acquérir des Troyon. Quelques-unes des créations du maître, *la Mare aux canards,* par exemple, *l'Abreuvoir, les Moutons* sont des œuvres lumineuses et vibrantes : c'est là de la vraie peinture saine et robuste, de la peinture où la virtuosité du pinceau ressemble à de la poésie.

Nous avons la conviction que la mode au changeant caprice ne diminuera pas Daubigny. Ainsi qu'on l'a dit à propos de l'Exposition centennale, ce charmeur « sera toujours protégé par l'irrésistible séduction qui se dégage de ses bords de rivière. Daubigny est le peintre de l'eau qui coule, vive ou dormante, entre les roseaux et les saules, et reflète en son miroir mobile les nuages et les colorations du ciel. Ses campagnes, familières et quelquefois très humbles de style, sont baignées d'un air limpide et bien souvent il a été le maître des transparences ». C'est du moins ainsi qu'il apparaît chez M. Roederer, notamment dans *la Saulaie*, qui est une œuvre exquise.

Et ce n'est pas tout. Pour être complet, il faudrait citer encore Eugène Delacroix, toujours plein d'élan et de flamme, et Diaz représenté dans son double idéal, car le peintre des amours et des nymphes a été aussi un éminent paysagiste; et Fromentin, le spirituel orientaliste qui se montre ici dans sa manière la plus perlée et la plus fine.

Enfin, sans vouloir tout dire, il faut à ces morts glorieux ajouter un vivant, M. Alfred Stevens, qui est venu plusieurs fois travailler au Havre et qui y a peint pour le propriétaire de la collection des vues de la mer, éclairée par la lune ou endormie dans la brume ; peintures infiniment délicates où se déroule la gamme mélodieuse des lilas et des gris.

Mais l'amateur qui avait réuni cette charmante collection n'est plus là pour maintenir le fil qui rattachait les unes aux autres ces perles rares et si chèrement aimées. Le collier va s'égrener ; nos petits musées individuels ne durent qu'un jour ; tout se disperse et tout passe. Le Havre va perdre sa parure : de là nos tristesses. Qu'il reste au moins un souvenir de cette collection bien moderne et de l'homme excellent qui l'avait formée !

PAUL MANTZ.

DÉSIGNATION

TABLEAUX MODERNES

CLAYS

1 — *Bateaux de pêche.* 5150.

Partout la mer ; dans le lointain, le mirage des choses dessine sur le ciel la côte aux falaises accidentées.

Et, ballottés par le flot, que le vent ne soulève pas cependant, les bateaux de pêche sont à l'ancre, portant au sommet de leur mât leurs pavillons, aux couleurs vives, qui parlent d'une patrie et d'un foyer absents.

Signé et daté à droite 1871.

Haut., 40 cent.; larg., 75 cent.

COROT

2 — *Le Cavalier.*

A gauche, une muraille escarpée de roches moussues, entre lesquelles des arbres ont poussé, pleins d'ombre et de mélancolie, descend jusqu'au clair ruisseau qu'un gars traverse, monté sur un vigoureux cheval blanc. Deux campagnardes, distraites par sa vue, sont arrêtées, debout, piquant, sur la grisaille des pierres qui mouvementent le sol, les notes rouges et blanches de leurs coiffes. Vers la droite, la plaine s'étend loin, très loin, offrant aux bœufs, vaguement réfléchis, la tentation de ses pâturages ; sur l'horizon, le ciel incline vers la campagne son écran diapré où le soleil s'attarde en de mourantes ardeurs.

Signé à gauche.

Haut., 37 cent.; larg., 63 cent.

COROT

3 — *Le Passeur.*

Une admirable page du maître.

Le soir descend lentement ; au loin, le ciel

assombri s'illumine encore des stries rousses du soleil couché. L'onde clapotante joue avec les reflets qui lui viennent d'en haut, tandis que sur son miroir changeant les arbres, à droite, inclinent leurs longues branches curieuses. A gauche, les hautes bruyères et les bois forment une muraille frissonnante ; sur le premier plan, parmi les herbes mouillées, la nature capricieuse a piqué des fleurettes épanouies ; et le passeur, debout, d'un geste puissant, pèse sur une perche pour chasser sa barque vers le bord, où une jeune paysanne, dans l'attente, se retient, gracieuse et hardie, aux lianes d'une branche complaisante.

Signé à gauche.

Haut., 62 cent.; larg., 49 cent.

COROT

4 — *Souvenir d'Italie.*

Un des souvenirs de campagne pittoresque, que Corot aimait à se rappeler longtemps après ses voyages en Italie. A gauche, une colline se hérisse, portant à sa ligne de faîte, plus loin, une manière de poste d'observation.

A droite, des massifs d'arbres, dans l'ombre desquels reposent des paysannes. Sur la route, aux ressauts qui montent et descendent, un cavalier, bien en selle, marche au pas. Le ciel laisse s'envoler une brume fraîchissante.

Signé à gauche.

Haut., 32 cent.; larg., 45 cent.

COROT

5 — *Le Sentier.*

A mi-côte, le sentier fuit sous un ciel gris qui baigne le paysage d'un jour clair, mais égal, sans reflet et sans ombre. A gauche, la côte s'élève, boisée ; à droite, la campagne descend dans la vallée. Une femme vient du hameau deviné dans le lointain, et foule d'un pied lourd et distrait l'herbe que n'a pas encore épuisée le passage continuel des paysans et des charrettes.

Signé à gauche et à droite.

Haut., 23 cent.; larg., 32 cent.

COURANT

(MAURICE)

6 — *Marine.*

Sous un ciel nuageux, la mer écume et gronde ; quelques bateaux au large sont remués par des menaces de tempête.

Haut., 37 cent.; larg., 40 cent.

DAGNAN-BOUVERET

7 — *Bretonne.* 5000 / 5500

Une jeune Bretonne, assise et occupée d'un travail d'aiguille ; le visage souriant est encadré dans la blancheur de la coiffe aux larges ailes.

Signé et daté à droite 1886.

Haut., 36 cent.; larg., 28 cent.

DAUBIGNY

8 — *La Saulaie.* 30000 / 45000

La mare est enserrée dans une courbe qui tourne capricieusement, et sur ses bords, à droite, les saules s'alignent en une longue allée. A gauche, des vaches sont arrêtées et boivent; sur la mare, qu'ils marquent de sillons, des canards barbotent, groupés en peloton; abritée par une anse, une barque de passeur, amarrée dans la buée transparente qu'exhalent la terre et l'eau; les formes semblent s'alanguir en de fugitives visions; seul, le crépuscule chante dans le ciel calme ses notes de cuivre, et l'eau, en ses délicieux reflets, garde encore l'image du site enchanteur qui l'enveloppe.

Signé à droite 1863.

Haut., 37 cent.; larg., 65 cent.

DAUBIGNY

9 — *Portijoie.*

Au sommet d'un talus, dont la pente est douce, les chaumières d'un hameau blotties dans la verdure. Au bord du talus, que descend une troupe d'oies, une eau courante. Sur la rive opposée, des peupliers, des bouleaux et des frênes; à l'horizon, des collines boisées qui se perdent dans l'infini grisé du ciel, largement et lumineusement moutonneux. Et, dans l'onde qui fuit, des reflets qui demeurent, aux accents vigoureux.

Signé à droite.

Haut., 37 cent.; larg., 65 cent.

DAUBIGNY

10 — *La Mare au Clair.*

De l'autre côté d'un mur, percé d'une large baie, le pré s'étend, éclairé par les coups du soleil de la fin d'été. Des arbres encadrent le paysage. Aux premiers plans, une mare offre son eau stagnante aux barbotements des canards. Entre les frondaisons, le ciel apparaît bleuté, avec quelques chaudes rousseurs.

Signé à gauche 1870.

Haut., 59 cent.; larg., 38 cent.

DECAMPS

11 — *Marine.*

La falaise dresse à gauche sa muraille vêtue d'ombre triste; contre son pied, la mer vient briser ses vagues, dont l'éternel roulis écume depuis l'horizon ; et, par delà l'espace, où le ciel semble toucher l'eau, c'est, dans la rudesse des nuages chargés de foudre, comme un gigantesque trait de feu.

Signé à gauche D C.

Haut., 22 cent.; larg., 38 cent.

DELACROIX

(EUG.)

12 — *Le Denier de saint Pierre.*

Tableau puissant, inspiré de la parabole du Nouveau Testament : En arrivant à Capharnaüm, comme on lui réclamait une redevance, Jésus dit à Pierre de jeter son filet, le prévenant qu'il prendrait un poisson, et qu'entre ses mâchoires se trouverait une drachme.

Sur le rivage que vient de toucher la barque des pêcheurs, dont les filets ont été retirés chargés de butin, trois hommes trouvent en effet, dans la gueule du poisson, la drachme que celui-ci retient encore.

Les hommes sont vêtus de draperies rouges, vertes et jaunes, d'une vigoureuse harmonie de tons. La mer s'est calmée : sur le ciel, les nuages mouvementés indiquent les derniers spasmes de la tourmente.

Signé et daté à droite 1862.

Haut., 36 cent.; larg., 45 cent.

DIAZ

(N.)

13 — *Amour et Nymphe.*

Que dit-elle à l'Amour, cette belle nymphe, assise sur une roche moussue, les épaules largement dénudées sous l'ombre fraîche et caressante des chênes, dont elle est aimée? L'Amour, debout, détourne la tête; un sourire vient expirer sur ses lèvres ; mais dans ses yeux éveillés, la beauté qui le retient près d'elle a allumé deux braises vives ; les cheveux blonds, où le souffle de mai vient courir, ne sont-ils pas des fils d'or, capables d'attacher ses ailes ? L'Amour hésite : la nymphe espère ; c'est l'idylle adorable de la fable, racontée par un pinceau très humain.

Signé à droite 1863.

Haut., 32 cent.; larg., 22 cent.

DIAZ

(N.)

14 — *Sous bois.*

Le soleil, à travers le tissu des feuilles et des branches, filtre ses regards clairs dans l'épaisseur du bois et caresse de ses rayons l'écorce argentée des chênes et des châtaigniers ; une brave femme, courbée vers le sol, fait sa provision de brindilles mortes et de bruyères. Au bord d'une mare, toute voilée de verdure, les grenouilles, quand vient le soir, doivent chanter leur complainte mélancolique.

Signé à gauche, daté 1875.

Haut., 58 cent.; larg., 72 cent.

FROMENTIN

(EUG.)

15 — *Les Prisonniers.*

Au sortir de l'oasis, sur le terrain onduleux brûlé par le soleil, où l'on ne distingue plus le sable aride des broussailles desséchées, un cavalier, droit en selle, la crosse du fusil au genou, fier dans son burnous brun, le front ceint du turban blanc, pousse devant lui, épuisés, éperdus de tristesse, trois prisonniers, les mains enchaînées, les pieds meurtris aux pierres du chemin, et portant encore dans la couleur de leurs robes roses, bleues et rouges, comme l'harmonie joyeuse de la liberté perdue.

Signé à gauche, daté à droite 65.

Haut., 27 cent.; larg., 20 cent.

FROMENTIN

(EUG.)

16 — *Campement arabe.*

Sous un ciel de feu, les Arabes ont planté leurs tentes ; près d'elles, retenus à des piquets, des chevaux dessellés ; à droite, d'autres chevaux, peu éloignés d'un bouquet d'arbres ; à gauche, dans un pli de terrain, un troupeau qui paît.

Signé à gauche 1865.

Haut., 33 cent.; larg., 61 cent.

MEISSONIER

(E.)

17 — *Artilleur de la garde.*

Un artilleur de la garde, très affairé, la tête penchée en avant, le col dans les épaules, les coudes levés, tout au plaisir d'allumer sa pipe, en dépit du vent qui souffle sur le papier embrasé.

Signé du monogramme M, à gauche.

Haut., 15 cent.; larg., 9 cent.

ROQUEPLAN

18 — *Berger et son troupeau.*

Sur la mare au miroir tremblant d'un imperceptible frisson, le jour, qui s'élève lentement, réfléchit le ciel aux diaprures aimables. Les moutons sont couchés dans une silencieuse paresse : une chèvre s'est accroupie près du berger, qui, demeuré debout, fixe sur l'horizon des regards sans pensée.

Signé à gauche 1849.

Haut., 18 cent.; larg., 24 cent.

ROUSSEAU

(TH.)

19 — *La Mare au Chêne.* 80000 / 90.000

C'est le soir : dans la campagne verdoyante, une bonne femme laisse paître ses vaches ; elle s'est assise sur un renflement de terrain, à l'abri d'un chêne, beau comme un ancêtre, et dont les bras protecteurs, où dorment les nids, se détachent en silhouette

Bague

Chauchard

Louvre

touffue sur le ciel encore étincelant des derniers feux du jour. A gauche, d'autres arbres dressent leurs bouquets assombris. Parmi les herbes qui frissonnent aux premiers plans, quelques coquelicots étouffent leur chanson éclatante, tandis que tout près s'élève du sol une vapeur mince, comme l'âme expirée de la terre ; c'est dans cette campagne un murmure qui chante, un murmure indéfinissable de divine sérénité.

Signé à droite.

Haut., 42 cent.; larg., 62 cent.

ROUSSEAU

(TH.)

20 — *La Passerelle.*

Parmi la campagne, où l'été sème de place en place des rousseurs fauves, les mares, discrètement cachées par les bruyères, écoutent frissonner les roseaux ; ici, à gauche, une paysanne garde une vache, qui broute l'herbe chaude, le col tendu, le mufle humide ; là, à droite, devant un massif, un tronc d'arbre abattu, à demi dissimulé sous un linceul de verdure. Au milieu, plus loin, entre deux bouquets d'ormeaux et de trembles, une passerelle rustique, que traversent une paysanne à robe rougeâtre, et son petit à tablier bleu. Plus loin encore, parmi les richesses du site, une cabane coiffée de tuiles rouges : le ciel est tiède et profond, et la lumière attendrie qui ruisselle sur ce coin de nature parle de calme heureux et d'agreste béatitude.

Signé à droite.

Haut., 37 cent.; larg., 53 cent.

ROUSSEAU

(TH.)

21 — *Étude.*

Curieuse étude, très lumineuse, aux indications justes. Du haut de la falaise, vêtue de broussailles, la mer apparaît, houleuse, étendant très loin, jusqu'à l'horizon, ses remous de vagues heurtées.

Haut., 24 cent.; larg., 32 cent.

STEVENS

(ALF.)

22 — *En vue du Havre.*

La pleine mer : ciel gris, vagues turbulentes ; dans le lointain, la côte apparaît ; les hauteurs de Sainte-Adresse se silhouettent sur l'horizon.

Signé à droite 1882.

Haut., 33 cent.; larg., 25 cent.

STEVENS

(ALF.)

23 — *Clair de lune en mer.*

Dans la nuit claire, la lune fait pailleter ses rayons d'argent sur le frisson des flots. A côté du sillage lumineux, un steamer poursuit sa marche, et la note rouge de ses feux semble un œil géant ouvert sur l'infini.

Signé à droite 1883.

Haut., 25 cent.; larg., 22 cent.

STEVENS

(ALF.)

24 — *Sainte-Adresse.*

Sur la colline coiffée de verdure on aperçoit la mer qui va briser, furieuse, ses vagues contre le rivage, tandis qu'au ciel la tourmente roule ses nuées sombres où l'éclair menace.

Signé à droite.

Haut., 60 cent.; larg., 45 cent.

TROYON

(C.)

25 — *Pâturage en Normandie.*

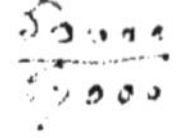

L'horizon est clos par des collines grises sur lesquelles plane un ciel gris ; les nuages se déchirent à mesure qu'on se rapproche, laissant l'azur mettre sa note claire sur la campagne uniformément plane. Des moutons et des vaches paissent en troupeau. Dans les premiers plans, une vache blanche est couchée, ruminant sa provende, tandis qu'à côté d'elle une vache brune, droite sur ses jambes grêles, tourne son mufle réfléchi vers un lointain infini. Impression puissante de poésie agreste et sereine.

Signé à gauche.

Haut., 43 cent.; larg., 64 cent.

TROYON

(C.)

26 — *L'Abreuvoir.*

Au bord d'une mare, dans une campagne boisée, des vaches, après le pâturage, sont descendues pour boire. L'une, noire, hume l'air, indécise et songeuse ; l'autre, brune, boit, et fait agiter l'eau de son souffle puissant ; le ciel, à travers des nuées blanches, découvre quelques lambeaux d'azur. Dans le lointain, d'autres vaches paissent et se désaltèrent.

Œuvre superbe, d'une impeccable maestria.

Signé à gauche.

Haut., 57 cent.; larg., 75 cent.

TROYON

(C.)

27 — *Le Retour à la ferme.*

Œuvre remarquable du maître.

Au tournant du chemin qui conduit du pâturage à la ferme, déjà le cortège des bêtes et de leurs gardiens est passé. Bœufs et brebis marchent en se suivant vers le hameau prochain; c'est maintenant le tour d'un troupeau de vaches, dont la première, à robe brune, profile sa tête songeuse, et sa lourde encolure, sur le ciel empourpré du jour qui décroît. Une buée légère voltige autour de toutes ces formes vivantes, mais la vache qui marche au premier plan occupe l'attention, et semble le symbole de l'éternel labeur, dans cet aspect crépusculaire de l'éternel recommencement des choses.

Signé à gauche.

Haut., 37 cent.; larg., 58 cent.

TROYON

(C.)

28 — *La Mare aux canards.*

Près d'une mare où nagent des canards, trois vaches sont venues s'abreuver. L'une est blanche, superbe, plantureuse en sa majesté ; l'autre noire ; la troisième brune. Toutes trois ont des attitudes paisibles que Troyon interprète avec une incomparable justesse. Sur la gauche du paysage, des bouquets de frênes. Le ciel est gris, aux tonalités étouffées.

Signé et daté à gauche 1856.

Haut., 56 cent.; larg., 80 cent.

TROYON

(C.)

29 — *Étude de moutons.*

C'est là une œuvre maîtresse, qui commande l'admiration.

Le soir descend : le ciel est gris, avec de

rares éclats de bleu atténué. Les moutons, qui sentent dans l'air la pluie menaçante, semblent pressés de rentrer, et leur marche donne l'impression d'une ondulation lointaine, d'où émergent, vivantes, les têtes blanches, au museau rose.

Cachet de la vente.

Haut., 52 cent.; larg., 63 cent.

TROYON

(C.)

30 — *Étude.*

Au milieu d'une campagne, aux verdures abondantes, une vache brune est couchée; la bête, attentive, perdue en quelque vague songerie; plus loin, une autre vache, vue de dos, broute, lente et réfléchie. C'est là une admirable étude de nature, en pleine expansion de vie et de calme apaisement.

Haut., 24 cent.; larg., 36 cent.

VOLLON

31 — *Nature morte.*

Un coin de nature morte, d'un arrangement exquis. Sur la nappe blanche, de rares porcelaines où saignent les pêches mûres, où s'égrènent les grapillons de raisin. Comme pédale à ces notes claires, un sucrier et quelques cuillères d'argent, et, dans les fonds, les reliefs chauds des boiseries et des tentures.

Signé à droite.

Haut., 38 cent.; larg., 45 cent.

VUILLEFROY

32 — *La Prairie.*

Dans une prairie où deux saules frissonnent, un veau blanc est couché et rumine.

Haut., 31 cent.; larg., 40 cent.

PASTELS ET DESSINS

BIDA

33 — *Mathieu l'argentier.*

Une scène de la vie de Jésus-Christ : la parabole de l'*ærarius* Mathieu.

Jésus, suivi de quelques disciples, est debout près du comptoir de l'argentier Mathieu ; celui-ci s'avance, prêt à discuter; mais subitement attentif et muet à la parole du Dieu fait homme, il abandonne sa demeure pour accompagner le Christ.

Dessin intéressant ; les personnages ont de nobles attitudes, dans le cadre d'une architecture pittoresque.

Dessin.

Signé à gauche.

Haut., 60 cent.; larg., 45 cent.

MILLET

(J. F.)

34 — *L'Angélus.*

Ce pastel est un chef-d'œuvre; il est inutile de raconter ici le poème exquis d'une œuvre désormais immortelle; qu'il suffise de dire que, dans ce pastel, la pensée de l'artiste, et son faire original, ne perdent ni d'ampleur, ni d'émotion. C'est le même lointain empourpré des derniers feux du jour; ce sont les mêmes silhouettes de paysans, grandis par l'ombre, et se dressant dans l'infini de la nature comme le symbole vivant de la foi humble et simple.

Pastel.

Signé à droite.

Haut., 35 cent.; larg., 44 cent.

MILLET

(J. F.)

35 — *L'Enfant malade.*

Un de ces drames du foyer, répétés chaque jour, et que l'art puissant de Millet a traduit avec une admirable simplicité.

L'enfant est malade ; on ne sait plus que faire ; tous les remèdes semblent vains. Sur le banc de pierre, qui s'accote au seuil, la pauvre mère est venue s'asseoir ; elle presse contre son sein angoissé le petit emmaillotté chaudement ; peut-être la force vivifiante du soleil, peut-être l'expansion du jour rendront-elles la vie au moribond. Sur le pas de la porte, le regard désolé, le geste timide, le père regarde, osant à peine tendre la tasse où la tisane se refroidit. Les trois êtres qui résument là la famille, l'amour, la vie, restent silencieux, mais on sent planer dans l'air, plein de lumière pourtant, comme une insaisissable impression de tristesse découragée.

Pastel.

Signé à droite.

Haut., 38 cent.; larg., 30 cent.

MILLET

(J. F.)

36 — *Balayeuse.*

Dans une grange au sol battu, où le jour ne pénètre qu'à peine, la fille de ferme, accorte et plantureuse, balaye d'un bras robuste ; elle a le torse pris dans un caraco rouge foncé, et sa robe est protégée d'un tablier blanc.

Pastel.

Signé à droite.

Haut., 52 cent.; larg., 42 cent.

MILLET

(J. F.)

37 — *Jeune Bergère.*

Tandis que sa chèvre, le col tendu, la tête alléchée, broute les feuilles vertes et l'herbe tendre, la jeune bergère, assise sur une barrière rustique, attend et rêve. Une page exquise.

Pastel.

Signé à droite.

Haut., 43 cent.; larg., 35 cent.

MILLET

(J. F.)

38 — *L'Abreuvoir.*

La génisse, altérée, s'est avancée au bord de la mare, par le talus, à l'inclination douce, et elle boit avidement, chassant l'air de ses narines fumantes; tandis que la pastoure la tient par la longe; dans le ciel, le soleil décline lentement.

Pastel.

Signé à gauche.

Haut., 37 cent.; larg., 45 cent.

MILLET

(J. F.)

39 — *Le Sentier.*

Dans l'étroit sentier tout baigné de lumière, les moutons se sont massés en un laineux grouillement; ce sont de blanches ondulations qui chantent sur l'harmonie douce des verdures.

Pastel.

Signé à droite.

Haut., 37 cent.; larg., 43 cent.

TROYON

40 — *Une Plage.*

Curieux dessin, aux indications sommaires où s'exprime toute la profondeur de l'horizon : la grève est déserte ; à droite, quelques arbres et quelques marines ; sur l'eau, de lointaines barques.

Dessin signé à droite : *C. T.*

La vente Rœderer. — La vente de la collection de feu M. Jules Rœderer, ancien président du tribunal de commerce du Havre, faite hier à la galerie de la rue de Sèze, par Mᵉ P. Chevalier, a produit 1,021,520 fr. Voici les principales enchères :

Tableaux modernes. — Clays : Bateaux de pêche, 5,150 fr. — Corot : le Cavalier, 32,000 fr.; le Passeur, 45,000 fr. Souvenir d'Italie, 29,200 fr ; le Sentier, 11,000 fr. — Dagnan-Bouveret : Bretonne, 5,500 fr. — Daubigny : la Saulaie, 44,000 fr. Portijoie, 54,000 fr.; la Mare au Clair, 47,000 fr. — Decamps : Marine, 3,500 fr. — Eug. Delacroix : le Denier de Saint-Pierre, 21,100 fr. — N. Diaz : Amour et Nymphe, 12,700 fr.; Sous bois, 24,500 fr. — Eug. Fromentin : les Prisonniers, 12,000 fr.; Campement arabe, 15,100 fr. — E. Meissonier : Artilleur de la garde, 5,700 fr. — Th. Rousseau : la Mare au Chêne, 90,000 fr.; la Passerelle, 72,000 fr.; Etude, 9,100 fr. — C. Troyon : Pâturage en Normandie, 67,000 fr.; l'Abreuvoir, 46,500 fr.; le Retour à la ferme, 55,000 fr.; la Mare aux Canards, 81,000 fr.; Etude de moutons, 16,200 fr.

Pastels et dessins. — J.-F. Millet : l'Angelus, 100,000 fr.; l'Enfant malade, 25,100 fr.; Balayeuse, 27,100 fr.; Jeune Bergère, 21,000 fr ; l'Abreuvoir, 17,500 fr.; le Sentier, 10,200 fr.

jours, d'une expédition [illegible] l'explorateur suisse, M. Schinz, vers le Baghirmi, avait fait croire que l'affaire allait être menée avec plus de vigueur que par le passé; mais le démenti survenu peu après, démenti assez énigmatique pourtant, n'est guère fait pour éclairer ce point fort important.

Les Sociétés de colonisation s'occupent en ce moment d'organiser dans l'Afrique orientale des écoles allemandes; c'est le gouverneur, M. de Soden, qui en a pris l'initiative, les tenant pour le meilleur moyen de préparer la civilisation de ces indigènes.

Berlin, le 5 juin.

Il paraît certain que le gouvernement refusera de donner aucune explication aux députés progressistes qui lui ont demandé de publier les pièces diverses de l'enquête ensuite de laquelle l'on s'est décidé à ne pas abaisser les droits sur les céréales. On ne sait pas d'ailleurs quand cette discussion aura lieu à la Chambre des Députés, le gouvernement étant disposé à en reculer la date pour laisser à l'effervescence qui règne dans une partie du pays depuis quelques jours le temps de se

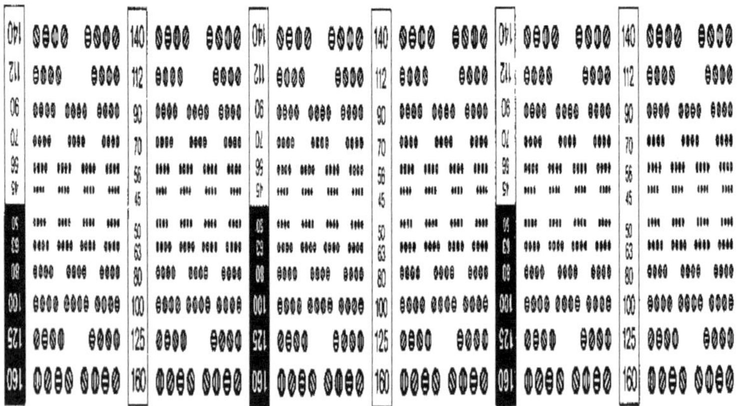

MIRE ISO N° 1
NF Z 43-007
AFNOR
Cedex 7 - 92080 PARIS-LA-DÉFENSE

www.ingramcontent.com/pod-product-compliance
Ingram Content Group UK Ltd.
Pitfield, Milton Keynes, MK11 3LW, UK
UKHW021024180726
13838UKWH00004B/1620